Aaron Lindgreen

Clark - Quelque Chose d'Étrange

Manoir d'Halloween - II

© 2018, Aaron Lidgreen

Tous droits réservés

Edition : BoD - Books on Demand

12/14 rond-point des Champs Elysées

75008 Paris

Imprimé par BoD – Books on Demand, Norderstedt

ISBN : 978-2-3221-0502-1

Dépôt légal : 03/2018

Introduction

En achetant ce livre, vous accepter entièrement cette clause de non-responsabilité.

Aucun conseil

Le livre contient des informations. Les informations ne sont pas des conseils et ne devraient pas être traités comme tels.

Si vous pensez que vous souffrez de n'importe quel problème médicaux vous devriez demander un avis médical. Vous ne devriez jamais tarder à demander un avis médical, ne pas tenir compte d'avis médicaux, ou arrêter un traitement médical à cause des informations de ce livre.

Pas de représentations ou de garanties

Dans la mesure maximale permise par la loi applicable et sous réserve de l'article ci-dessous, nous avons enlevé toutes représentations, entreprises et garanties en relation avec ce livre.

Sans préjudice de la généralité du paragraphe précédent, nous ne nous engageons pas et nous ne garantissons pas :

• Que l'information du livre est correcte, précise, complète ou non-trompeuse ;

• Que l'utilisation des conseils du livre mènera à un résultat quelconque.

Limitations et exclusions de responsabilité

Les limitations et exclusions de responsabilité exposés dans cette section et autre part dans cette clause de non-responsabilité : sont soumis à l'article 6 ci-dessous ; et de gouverner tous les passifs découlant de cette clause ou en relation avec le livre, notamment des responsabilités découlant du contrat, en responsabilités civiles (y compris la négligence) et en cas de violation d'une obligation légale.

Nous ne serons pas responsables envers vous de toute perte découlant d'un événement ou d'événements hors de notre contrôle raisonnable.

Nous ne serons pas responsable envers vous de toutes pertes d'argent, y compris, sans limitation de perte ou de dommages de profits, de revenus, d'utilisation, de production, d'économies prévues, d'affaires, de contrats, d'opportunités commerciales ou de bonne volonté.

Nous ne serons responsables d'aucune perte ou de corruption de données, de base de données ou de logiciel.

Nous ne serons responsables d'aucune perte spéciale, indirecte ou conséquente ou de dommages.

Exceptions

Rien dans cette clause de non-responsabilité doit : limiter ou exclure notre responsabilité pour la mort ou des blessures résultant de la négligence ; limiter ou exclure notre responsabilité pour fraude ou représentations frauduleuses ; limiter l'un de nos passifs d'une façon qui ne soit pas autorisée par la loi applicable ; ou d'exclure l'un de nos passifs, qui ne peuvent être exclus en vertu du droit applicable.

Dissociabilité

Si une section de cette cause de non-responsabilité est déclarée comme étant illégal ou inacceptable par un tribunal ou autre autorité compétente, les autres sections de cette clause demeureront en vigueur.

Si tout contenu illégal et / ou inapplicable serait licite ou exécutoire si une partie d'entre elles seraient supprimées, cette partie sera réputée à être supprimée et le reste de la section restera en vigueur.

Le début de l'année scolaire est toujours la période de la lune de miel, comme tout étudiant normal l'attestera, et pour Clark et ses amis, ce n'était pas différent. Les enfants d'âge scolaire ont été obligés de fréquenter les écoles de leur district, et les quatre mousquetaires se sont retrouvés dans la même école pour leur première année d'école secondaire. L'air était vif, et les jours devenaient plus courts; tout le monde s'installait dans le rythme familier de l'année scolaire, et les sports commençaient à battre leur plein.

"Zach! Attends une minute, mec! Clark haleta, essayant de rattraper son ami après la troisième période. "Où est-ce que vous vous précipitez?"

"Période libre. Herman nous a assigné quelques fausses lectures, donc je ferais mieux de la faire…"

"Ah, ça. Je l'ai eu hier, ici." Remettant ses notes à Zach, il gloussa devant le sourire qui se répandit sur le visage de son ami.

"Je jure, tu es un sauveur." Enfilant les notes dans son sac à dos, Zach se retourna pour partir, mais Clark le retint rapidement. « Comment? Vous avez aussi quelque chose de l'algèbre? Remets-le.

"Non, stupide. J'ai aussi une période libre." Tirant la main de son ami, il rencontra de la résistance. "C'est terrible!"

"Qu'est-ce qui est sérieux? Est-ce un coming out ? Parce que si c'est le cas, c'est totalement cool ... "

Frappant Zach sur son bras, il secoua la tête, faisant rire Zach plus fort. Clark savait qu'il y avait une très courte fenêtre d'opportunité pour lui de montrer à Zach ce qui le dérangeait depuis une semaine et demie. Il savait qu'il pourrait être rien, mais les doutes lancinants dans le fond de son esprit lui disaient différemment.

"Ne sois pas stupide. Dépêche-toi avant que la salle ne se remplisse et que nous ne puissions aller nulle part. Ignorant la réticence évidente de Zach, Clark alla dans le couloir en direction du salon des professeurs. "Ici."

"... Qu'est-ce que je suis censé regarder ? " Inamusé, il regarda autour du petit salon à travers la fenêtre sur la porte. "Je ne peux pas croire que je rate une période libre pour regarder à... Absolument rien. Je suis dehors."

Attrapant son copain une fois de plus, Clark concentra sa tête sur ce qu'il avait besoin de voir. Au cours des dix derniers jours, il avait remarqué un emballage différent non marqué dans la boîte aux lettres de M. Sutter. Cela lui paraissait bizarre, et il ressortait comme un pouce endolori, parce que les professeurs n'utilisaient jamais vraiment leurs boîtes aux lettres. Au moins, pas pour quoi que ce soit aussi grand que M. Sutter recevait quotidiennement.

"Chaque jour, il a quelque chose de nouveau dans sa boîte aux lettres. Personnellement, je l'ai vu se faufiler pour parler sur son téléphone, s'excusant de la classe et de tout. Je te le dis, il prépare quelque chose.

"Donc l'homme a une vie. Alors quoi ? N'a-t-il pas droit à ça? Zach renifla avec dérision.

"Ce n'est pas le point. Si M. Sutter reçoit quelque chose dans sa boîte aux lettres scolaire, cela signifie que quelqu'un dans cette école est en train de faire quelque chose... sur les terrains de l'école ! "

"Et depuis quand t'en fous? Je veux dire, qu'est-ce qu'il y a pour toi?

"Encore une fois, pas le point!" Clark a argumenté. "Et s'il a l'intention d'essayer de ... de faire sauter l'endroit ou quelque chose? Ne serais-tu pas inquiet à ce sujet alors?

"Non," Zach répondit sèchement . "Tant que je ne suis pas à l'école, ça ne me regarde pas. Plus tard, mec. "

Bafouillant follement derrière son ami, Clark ne pouvait même pas obtenir un mot cohérent. Irrité, il n'avait pas d'autre choix que de prendre les choses en main. Aussi mal qu'il voulait aller dans le salon des professeurs et voir le paquet pour lui-même, il savait que ce ne serait que trop évident. *Non, il pensait. Je dois être intelligent à ce sujet.* À ce moment, il était déjà au milieu de la période libre, et il n'avait rien accompli. Il ne pouvait pas non plus errer dans les Halls au hasard, ou il risquait de se faire prendre par l'un des moniteurs. Repensant sa stratégie, il se dirigea vers la bibliothèque, un endroit où il savait qu'il serait capable de penser en paix.

Se frayant un chemin jusqu'à la bibliothèque de l'école, il attend avec intérêt quelques minutes pour comploter.

"Regardez qui c'est," Cameron agita Clark avec enthousiasme. Quoi de neuf ? Je me suis dit que vous seriez quelque part en train de grimacer à Tammy…"

"C'est drôle. Hilarant, même. " Se raclant la gorge, il déplaça son poids d'un pied à l'autre. "Et je pensais que tu serais en train de pratiquer quelque part. Tu es dans l'équipe, n'est-ce pas?

"Bien sûr," Cameron lui fit signe de la main. "C'était simple. Que faites-vous, Clark? Avoir une longueur d'avance sur le test de mathématiques de la semaine prochaine? "

"Ha. En fait, je suis à la recherche de… euh…"

"Pour… ?" Il regarda étrangement à Clark. "Terre à Clark? Venez Clark? "

"Oui. Um, pour quelques idées pour un projet scientifique. Bidon."

"Ah. Cool."

Revenant au livre qu'il était censé lire, Cameron ignora Clark, le laissant à son entreprise. Clark, d'un autre côté, avait d'autres idées.

"N'as-tu pas Sutter pour l'anglais?" Demanda-t-il.

« Comment? Non.° Il enseigne seulement la classe accélérée ... Tristan l'a. » Repoussant le livre avec un soupir, Cameron savait qu'il n'y avait aucun moyen que son ami de toujours lâchera tout ce qu'il avait en tête. "Qu'en est-il maintenant ? J'écoute. »Frottant ses mains avec excitation, il s'assit en face de Cameron et se pencha vers lui.

"Je pense que M. Sutter a quelque chose à faire. Je ne peux pas vous dire exactement ce que c'est, mais c'est vraiment quelque chose de grand. »Il y eut un court silence entre eux pendant que Cameron traitait dans son esprit ce que son ami venait de dire.

"Vous me faites une plaisanterie. Pourquoi es-tu si inquiet au sujet d'un professeur ?

"Écoute-moi, Cam! Au cours des dix derniers jours, il a reçu un nouveau paquet dans sa boîte aux lettres tous les jours. Et ce n'est pas de petits paquets, bon, ils sont assez gros, et ils sont grumeaux. "

"Je répète, *pourquoi es-tu si inquiet*? "

Et ce n'est pas de petits paquets, bon, ils sont assez gros, et ils sont grumeaux. Quelqu'un à l'école lui livre des choses qu'il ne peut évidemment pas recevoir chez lui. Pourquoi ? Que sont-ils ? Qui l'aide? "

"Il doit être en cours de quelque chose." Ricanant, Cameron se leva pour partir. "Tu es fou. Je pense que vous avez inhalé trop de ces produits chimiques dans le laboratoire, mec. Laisse tomber, Sutter n'est à rien.

Agacé, Clark a également été forcé de partir, car la cloche a sonné à ce moment précis. Sortant de la bibliothèque dans la salle bondée, il aperçut Tristan qui sortait de la classe.

"Oh, hé," souris Tristan, remontant son sac à dos sur son épaule. Où étiez-vous

"Période libre. Comment est l'anglais accéléré?"

"Ce n'est pas aussi grave qu'ils le pensent," il leva les yeux au ciel. "Spécialement depuis..." Clark suivit le regard de Tristan vers deux filles qui sortaient de la classe de Sutter. «C'est bien d'être intelligent», il poussa Clark dans la côte.

"Ouais, j'ai biologie avec la courte."

Son fil de pensée dérailla immédiatement quand il aperçut M. Sutter qui sortait la tête de la classe avant de fermer la porte fermement et de la verrouiller. *Et ils disent que j'imagine des choses*, Clark pensa.

"... Et elle a dit qu'elle essaierait de se réunir avec moi pour repasser là-dessus ... Clark?" Sifflant et agitant sa main devant le visage de Clark pour attirer son attention, Tristan secoua son épaule. "Réveille toi. N'as-tu pas l'Algèbre maintenant? Je sais que j'ai français, alors ... "

"Ouais, euh hein." Dépassant Tristan, il se fondit dans la foule, prêt à entrer dans l'histoire américaine avec quelques minutes de retard. Ralentissant son allure alors qu'il s'approchait de la porte de M. Sutter, il s'efforça d'entendre ce qui se passait dans sa chambre.

Prétendant se pencher pour nouer sa chaussure, il resta immobile, juste à l'extérieur de la classe. À moins que Sutter ne décide de regarder par la petite fenêtre en verre dépoli ou, pire encore, d'ouvrir la porte, Clark était plutôt bien caché.

"Avez-vous perdu la tête ? Clark entendit le professeur crier. "Qui ... qui, dans leur bon sens, accepterait ceci?! Je vous paie beaucoup d'argent pour faire votre travail, alors je ne pense pas que je doive m'expliquer davantage. Dois-je?" Il y eut un silence pendant que Sutter écoutait la personne de l'autre ligne. "Tu m'as entendu la première fois. Je ne vais plus me répéter, Carter. Cette fille a l'argent à payer, alors elle est va payer. Pas de si, de et ou de mais. Me fais-je bien comprendre ? En attendant avec une respiration haletante pour entendre plus, il fut interrompu par une longue ombre qui tombait sur lui.

« La classe a commencé il y a trois minutes », remarqua discrètement un senior de grande taille, son badge plastifié brillant dans les lumières fluorescentes peu flatteuses. "Vas-y gamin, ou c'est la détention. Considérez ceci comme un cadeau."

Déçu, mais ne voulant pas risquer une réprimande à la maison, il se leva pour aller en classe. Tournant légèrement la tête pour regarder dans la salle de classe, ses yeux rencontrèrent ceux de M. Sutter, son téléphone toujours dans sa main, et le cœur de Clark sauta un battement. Disposant son visage dans une expression de pure nonchalance, il s'éloigna. Donnant au professeur d'histoire un sourire affectueux et s'asseyant au quatrième rang, il enfouit sa tête dans son manuel, supposément en suivant sa leçon sur la guerre de 1812.

"Clark Casey, écoutes-tu ?" le jeune professeur d'histoire éleva sa voix. Sortant de sa stupéfaction, il leva les yeux confus. "Eh bien ? Puisque vous êtes arrivé tard dans la classe, nous sommes si intéressés à entendre votre opinion sur le soutien britannique aux Amérindiens?

"Hum..." Il y avait quelques gloussements dispersés dans la pièce, mais un regard de Mme Gerard les fit taire.

Quand il fut évident qu'il avait besoin d'un coup de main, elle soupira brusquement, se retournant vers le tableau.

"Il a été dit que les Britanniques étaient en faveur des Amérindiens parce qu'ils étaient en empathie avec leur sort. Ils étaient au courant des plans d'expansion vers l'Ouest et du déracinement des terres et des peuples des tribus. "

"C'est incorrect," interrompit Clark, arrêtant son professeur au milieu de sa phrase. "La Grande-Bretagne n'avait aucun intérêt pour les moyens de subsistance des Amérindiens, ils voulaient simplement protéger leurs colonies et se joindre à ceux qui les aideraient à combattre les nouveaux Américains."

"C'est un aperçu de la réflexion, nous allons -"

Puis-je être excusé ?

N'attendant pas de réponse, il se dirigea vers la porte, sachant que cette fois, il avait un plan concret. L'école se préparait pour sa collecte de fonds annuelle avant la fête des anciens élèves, et toutes les informations, ainsi que les paquets, étaient dans le bureau principal. Plus important encore, toutes les informations concernant le personnel de l'école, y compris les enseignants, étaient là. Heureusement pour Clark, c'était relativement occupé, avec les téléphones qui sonnaient toutes les quelques minutes et quelques parents assis autour du bureau géant pour diverses raisons. Saluant les secrétaires, il se tenait devant la longue table avec la propagande de collecte de fonds en évidence. Quelque chose d'autre qui était exposé était les horaires des enseignants, montrant quelles classes ils enseignaient et quand leurs périodes libres étaient. Comme l'école avait une « politique de porte ouverte », les enseignants et les élèves connaissaient la charge de cours quotidienne de l'autre.

Souhaitant désespérément qu'il ait reçu le téléphone portable qu'il avait demandé pour son dernier anniversaire, il se contenta d'essayer de mémoriser le programme de Sutter pour le reste de la semaine. Je t'ai eu, pensa-t-il avec suffisance, s'assurant qu'il avait visiblement les paquets de la collecte de fonds entre ses mains.

"Bonne vente, chéri," dit distraitement la réceptionniste, répondant à son cinquième appel téléphonique depuis que Clark était au bureau.

"Merci," marmonna-t-il en s'esquivant de la salle. Demain, double période première chose le matin, puis deux après le déjeuner ; Jeudi, deux doubles périodes dos à dos, puis une de plus juste après le déjeuner, vendredi il est occupé toute la journée, il secoua dans son esprit, le commettant à la mémoire. Et je n'ai même pas eu l'occasion de regarder sa boîte aux lettres.

Jamais à perdre un temps précieux s'il pouvait l'aider, Clark décida de continuer à enquêter, même s'il finissait par le faire tout seul. Son emploi du temps ne permettait pas vraiment de se promener, mais il réussissait toujours à passer devant la classe de Sutter à chaque occasion au cours de la journée. Il n'a pas eu beaucoup de succès avec cette tactique qu'après le déjeuner; prenant le long chemin de son casier, il vit M. Sutter quitté sa classe, le téléphone portable à la main pendant qu'il composait. Rodant derrière deux juniors, Sutter avait apparemment été trop préoccupé pour fermer sa porte derrière lui. Donnant un peu d'avance à l'enseignant au cas où il se dépêcherait de rentrer, Clark se glissa dans la pièce vide, se dirigeant directement vers le bureau en bois de cerisier devant la pièce. Travaillant vite, il trouva un tiroir déverrouillé, mais tout ce qu'il y avait dedans était du papier brouillon, sale et chiffonné. Reconnaissant qu'il s'agissait du même type de papier que celui utilisé pour emballer les paquets qui étaient constamment livrés à M. Sutter, il l'a empochée et a commencé à partir.

Clark était à la porte quand il rencontra M. Sutter, qui était en train de raccrocher son portable. Grand et chauve, il était toujours un homme formidable, et Clark essayait rapidement de penser à une sorte d'explication.

"Ne devrais-tu pas être en classe ? Je sais que tu n'es pas un de mes élèves.

"Salut ... bonjour, M. Sutter." Sa voix haute perchée est sortie et surcompenser à ses oreilles, et il a essayé de se calmer.

"Oui ?" S'adossant contre le chambranle de la porte, il regarda Clark. "Je demande à nouveau. Qu'est-ce que tu fais ici ?

"Je voulais savoir à propos de ta classe. Un de mes amis vous a en troisième période ?

"Tu sais que tu ne serais pas là-dedans cette année. Il est trop tard pour changer votre horaire; ce ne serait pas juste pour les autres, en plus, vous n'êtes qu'un étudiant de première année. "

« J'ai compris. Préférence pour les juniors et les seniors. Mais, um ... "

"Vous devrez maintenir une moyenne A pour toute l'année. Même alors, je ne suis pas entièrement convaincu qu'ils me feront enseigner des étudiants de deuxième année l'année prochaine. "

"Ah. Bien. Je pensais juste vous demander. "

Évitant d'éveiller d'autres soupçons, Clark se précipita à la recherche de ses amis. C'était l'heure du déjeuner, ils devaient donc être quelque part.

"Zach! Rattrapant l'un des mousquetaires, il haletait lourdement. "Za-Zach ... hey."

"L'année de l'étudiant de première année te fait du tort, hein?" Zach s'éloigna de Clark. « Euh... » J'ai un sous pour le déjeuner si tu veux la moitié?

« Pas de problème. Mais regardez ! S'assurant que personne ne regardait par-dessus son épaule, il sortit le papier d'emballage de sa poche. "Preuve que Sutter est à cours de quelque chose. Il est toujours sur son téléphone en train de discuter à propos de quelqu'un qui veut de l'argent de lui, puis il y a ceci. Je ne peux pas fabriquer ce genre de choses ! Soupirant, Zach arracha le papier de la main de Clark et l'examina de près. "Tu vois ce que je veux dire?

Hmph. Quelque chose de dur était enveloppé dans ce papier. " Le retournant, ses yeux s'élargirent.

« Comment ? Vous avez trouvé autre chose ? " Mâchant le bout, il plana sur son ami, son souffle embuant les lunettes de Zach.

"Détends-toi, fou. Et reculer un peu, voulez-vous ? Mon dieu. Laisse-moi regarder ça. " Plissant les yeux, il retourna le papier, le regardant sous tous les angles. "Hm. Il a une empreinte. Donne-moi un crayon."

Remettant à Zach un crayon qu'il avait sorti de son sac, Clark observa son ami qui ombrageait légèrement le coin, observant quelques lettres au hasard. G - L - U - C.

"D'accord, alors c'était un raté," souffla Zach. "Cela n'a aucun sens."

"Cela n'a aucun sens à nous", corrigea Clark. "Cela signifie quelque chose."

Reprenant le papier, il fronça les sourcils. "Il doit avoir.".

« D'accord. Okay. Je vois que tu ne vas pas laisser ça tranquille, alors je vais mordre. Ce que nous devons faire est de suivre M. Sutter - "

"Voilà ce que je vous disais tout ce temps ! " Clark a insisté. "C'est comme arracher des dents avec vous les gars."

"Ouais, ouais, peu importe. Aujourd'hui. Après l'école."

"Il ne reste pas avant la fin de la journée", se rappela. "Il reste seulement jusqu'à la septième."

"Donc nous allons éliminer la dernière période. Attends, tu as mémorisé son emploi du temps ?

Pour le reste de la journée, l'esprit de Clark était à des millions de kilomètres ; après avoir trébuché sur ses propres

lacets en cours de gym, puis perdu dans ses pensées en algèbre et ratant la moitié de la leçon, il était temps d'agir. Rejoignant Zach dans le couloir du deuxième étage, qui accueillait principalement des classes supérieures, c'était leur pari le plus sûr. La plupart des seniors étaient parties à midi, donc il n'y avait personne pour les harceler.

"Tu es prêt ? Il devrait préparer ses affaires maintenant. Clark pouvait

à peine contrôler ses nerfs; nerveux et tendu à bout de nerfs, il surveillait constamment sa montre. "Faisons-nous ceci ou pas?"

"Pas si tu n'as te contrôle pas, mec. Respire !"

« D'accord. Bien. Je suis bien

En revenant au troisième étage, ils ont vérifié le salon des enseignants avant de retourner chez dans la

classe de Sutter, espérant qu'ils ne lui manquaient pas. Dérapant jusqu'au coin de la salle, ils arrivèrent juste à temps; le professeur silencieux et modeste fermait sa porte pour la journée.

"Showtime," marmonna Clark en faisant signe à Zach. Même s'ils étaient

nouveaux à l'école, ils avaient entendu assez d'histoires pour savoir comment s'y retrouver. Ils sortirent par une sortie latérale assez proche du parking pour se faufiler rapidement, mais assez loin pour ne pas être détectés. "Merde. Comment exactement sommes-nous censés le suivre ? Pointant vers Sutter, ils le regardèrent entrer dans un vieux Pontiac, le moteur bafouillant un peu avant de tourner.

"Des vélos", ordonna Zach. "Monte sur le mien."

Regardant douteusement le vélo usé que Zach chevauchait chaque jour, Clark hésita. Il avait

monté sur le guidon beaucoup de fois, mais jamais dans une tentative de suivre quelqu'un. ".

"Monte. Maintenant" Répéta-t-il à travers les dents serrées. "Tu m'as convaincu de faire ça, nous allons le faire." En se balançant sur ce que Zach appelait affectueusement la «barre de sissy», il s'accrocha à son partenaire par les épaules alors qu'ils s'éloignaient pour suivre leur marque. En esquivant d'autres véhicules pour suivre Sutter, les deux garçons étaient épuisés quand Zach fut capable de ralentir et bouger en roue libre.

"Rue Rivière?" Clark réfléchit à haute voix. "Un peu élevé pour un professeur, tu ne penses pas?" demanda-t-il à Zach.

"A moins que sa mère soit riche", plaisanta-t-il. "Regarde, il est là."

Pointant la rue où Sutter se gara au bout d'une rue sans issue, les deux garçons le regardèrent sortir et frapper à la porte d'une maison à deux étages plutôt sobre.

"Tu vois ce que je veux dire? Clark sourit. "Il ne vit pas ici."

"Chut!" S'agenouillant derrière des buissons épais, ils ont pu entendre un peu de la conversation entre le professeur modeste et quelqu'un d'autre juste hors de leur ligne de vision.

"Renee! Renée vous avez mieux à - "

« Comment? Je ferais mieux de quoi , Rich? " La voix d'une femme haut perchée jaillit, haute et forte. "Et comment oses-tu venir ici?" Le reste de ses mots étaient pour la plupart inintelligibles, car elle choisit ce moment pour baisser la voix, mais ils avaient déjà compris l'essentiel de l'argument.

Les deux sont restés cachés pendant tout l'échange, attrapant quelques mots ici et là tels que «libelle», «calomnie», «pension alimentaire» et «biens cachés». Confus comme toujours, ils attendirent patiemment jusqu'à ce qu'ils entendent la voiture de Sutter se remettre en marche et le grincement de ses pneus alors qu'il filait dans la rue.

"Devrions-nous le suivre ou la dame?" Demanda Zach avec impatience, essayant de garder une bonne vue de l'enseignant.

"Je suggère que nous nous séparons. Tu as le vélo, alors il faut le suivre. Je verrai si la dame a quelque chose à voir avec les appels téléphoniques ou les paquets. "

D'accord.

Comme Zach roulait derrière mr. Sutter, Clark a fait de son mieux pour prétendre qu'il appartenait à ce quartier. Marchant nonchalamment dans le cul-de-sac, il vérifie que les voisins curieux ne sont pas à leurs fenêtres pour le surveiller de trop près. Heureusement, la clôture avait un espace assez large pour qu'il puisse glisser facilement. Il était évident que cette femme prenait soin de sa maison et de sa cour, malgré la clôture cassée, par le jardin soigné et l'herbe basse. Se baissant pour ne pas être vu à travers les fenêtres, il parvint à en trouver une qui était à moitié ouverte. L'odeur aigre de la fumée de cigarette flottant dans la cour, Clark savait qu'elle devait se tenir près de la fenêtre ouverte.

"M. Khan, s'il te plaît! »cria-t-elle en jetant sa cigarette à quelques centimètres du visage de Clark, ce qui le fit contracter le nez. "Vous avez dit que vous aviez ceci sous contrôle! Il est juste venu ici, elle à tue-tête et maudissant beaucoup. Il dit qu'il va m'avoir pour diffamation ?! A-t-il le droit de le faire? En l'entendant prendre une bouffée de sa cigarette, Clark entendit le son brouillé de la voix d'un homme au téléphone. Oh, mec, elle est juste au-dessus de moi, pensa-t-il en frissonnant. "Très bien. Assurez-vous de faire cela. "

Avec un grognement agacé, elle jeta le mégot de cigarette par la fenêtre où il s'est étiolé sur l'herbe avant de sortir, la claquant. Pensant qu'il n'entendrait rien de plus utile, il décida de partir avant de se faire prendre. Maintenant, il ne restait plus qu'à attendre que Zach revienne pour lui, aussi long soit-il. Coincé dans une impasse sans rien à faire, il se promenait pour tuer le temps. Ne voulant pas s'éloigner trop loin de la maison au cas où Zach arriverait à l'improviste, il tourna en rond pendant vingt minutes.

En entendant quelqu'un s'approcher derrière lui, Clark se retourna, son esprit s'emballant pour trouver un nombre d'excuses qu'il pouvait utiliser.

"Rélache-toi, c'est moi. Désolé, ça m'a pris tellement de temps, "s'excusa Zach.

"Pas de problème." Montant sur le vélo derrière lui, Clark s'accrocha alors que Zach s'éloignait. "Alors, avez-vous trouvé quelque chose?"

"J'ai découvert où habite Sutter", commença-t-il. "Jésus, c'est à peu près une heure d'ici! Tout ce qu'il a fait, c'est claquer la porte et se cacher dans sa maison. et ecoute ceci, il reçoit le courrier d'un avocat! " prenant un virage serré inattendu, Clark a perdu sa prise et son équilibre, et est tombé du vélo.

"Oof," gémit-il, frappant la terre avec un bruit sourd. "Donne-moi une minute, vas-tu?" En descendant du vélo et en le posant sur le côté, Zach s'agenouilla à côté de lui pour s'assurer qu'il allait bien. "C'est bon, c'est bon. Je suis juste un peu gratté, je pense. Apprenez à manœuvrer cette chose, hein? "

"Chochotte", se moqua Zach en le tapotant dans sa côte. "Quoi qu'il en soit, comme je le disais avant que tu ne disparaisses, Sutter a été en contact avec un grand avocat. À l'évidence, cependant, cela lui coûte un peu d'argent. Qui savait que ça coûtait tellement de divorcer?

"Attendez une seconde, vous avez parcouru son courrier?!" Oubliant tout de la douleur, il sentit son cœur commencer à palpiter. "Vous avez lu le courrier de cet homme?"

"Tu voulais de l'information, alors je l'ai eu. Si nous sommes dans cela, je dis que nous allons en pleine force. "

"Oh mon Dieu." Zach, même moi je sais que lire le courrier de quelqu'un d'autre est illégal. Tu l'as au moins remis?

Quelques voitures filaient, complètement imperturbables à la vue de jeunes adolescents assis au bord de la route.

"Tu les a remis, n'est-ce pas ? Avec sa voix montée d'une octave, et un peu d'hystérie, Clark ne cessait de se répéter encore et encore.

"Je pensais que nous pourrions faire les honneurs ensemble ?" Zach gloussa, brandissant une enveloppe ouverte. "Cependant, je ne vois pas comment on peut le remettre sans qu'il le sache ... Est-ce difficile de dissimuler le fait qu'elle a déjà été ouverte?"

"C'est le moindre de nos soucis!" Frottant ses tempes, Clark essaya de penser à quoi faire ensuite. « D'accord. C'est déjà fait, non? Tant pis. Qu'y a-t-il là-dedans ?

Grimaçant d'une oreille à l'autre, Zach secoua l'épais paquet de papiers qui avait été bourré dans la minuscule enveloppe.

"Je n'ai pas encore tout vu, mais ce que j'ai vu était très intéressant." En lissant quelques feuilles, il a commencé à expliquer. "Regarde cette adresse: 68-01 Rue de la Rivière. Nous sommes allés là-bas. Et le nom ? Joanne Sutter. "

"Huh. Je suppose que vous aviez raison quand vous avez dit que sa femme devait être riche. Avez-vous regardé cette maison? "

"Euh, oui, bien sûr. C'est là que M. Sutter vivait ... avant la procédure de divorce. "

"Alors c'est la personne avec qui il parlait ... son avocat." Zach acquiesça d'un signe de tête. "Quoi, essaie-t-elle de tout prendre?"

"En plus de ça, on dirait que Sutter n'a pas non plus l'argent pour payer son avocat. Ils lui ont envoyé cette lettre parce que ses paiements étaient en défaut. " Clark laissa échapper un sifflement sourd.

"Je serais fou, aussi. Cependant, cela n'explique pas tous les paquets. "

"Ouais, je n'ai pas vraiment compris cette partie non plus. C'est bizarre."

Clark resta silencieux pendant un moment, les roues dans sa tête tournant. La façon dont il parlait au téléphone ... ne ressemblait pas exactement à un avocat, se dit-il.

"À quoi pensez-vous ?" Zach pressa.

"Penses-tu ... qu'il serait assez fou pour essayer de se débarrasser de sa femme?"

« Comment? Impossible. C'est beaucoup plus d'argent qu'il ne dépensait pour l'avocat!"

"Alors comment expliques-tu les paquets?" Ignorant son ami, Zach feuilleta de nouveau les papiers, puis commença brusquement à tapoter la dernière page avec excitation.

"Ici même! Les voici. Rappelez-vous comment Mme Sutter l'accusait de 'calomnie'? Lis ceci. Il dit que si l'une des parties est surprise en train d'être infidèle pendant le mariage, son arrangement prénuptial est nul et non avenu. "

"D'accord, maintenant essayez ça en français," rétorqua Clark.

"Je ne suis pas totalement positif ici, mais je pense qu'ils essayaient tous les deux de prouver que l'autre trichait."

"Je l'ai entendu dire qu'il allait essayer de l'inculper pour diffamation ..."

"Exactement. Il essaie probablement de l'accuser, et vice versa. "

"Encore, les paquets! Ces lettres que vous avez trouvées ... elles doivent signifier quelque chose. "

"Calme toi," conseilla Zach. "Je peux te faire mieux. Nous savons que c'est quelqu'un à l'école qui livre ces choses pour lui, n'est-ce pas? Tout ce que nous avons à faire est de les prendre en flagrant délit.

"Et comment proposez-vous que nous fassions cela? Il devrait être tôt ... "

"Donc nous le faisons tôt."

Ennuyé et encore à moitié endormi, Clark avait la présence d'esprit de prendre son propre vélo le lendemain matin pour leur implantation. Toujours en douleur intense depuis la chute de la veille, il n'avait pas l'intention de répéter cela. C'était à peine le lever du soleil quand ils se sont retrouvés au coin de la rue, prêts à partir.

En es-tu sûr ? Il demanda à Zach pendant qu'ils pédalassent. "Pas pour rien, mais la dernière chose dont l'un de nous a besoin, c'est d'être expulsé de l'école."

"Vas-tu me faire confiance sur ceci? Mon père travaillait à l'école; les choses marchent comme une horloge là-bas, donc tant que nous arrivons à temps, il n'y aura pas de problème. "

Si vous le dites... »

Marchant leurs vélos vers le dernier bloc avant qu'ils aient atteint l'école, ils les jetaient dans quelques buissons bas.

"Le voici. Il ouvre l'école pour les travailleurs de la cafétéria, les concierges et puis les profs. Les derniers à arriver sont ceux qui travaillent dans les bureaux, mais les enseignants ont toujours accès. " Glissant dans le bâtiment derrière un concierge distrait avec son seau de vadrouille et ses fournitures de nettoyage, ils se précipitèrent aussi calmement qu'ils pouvaient au salon des professeurs au quatrième étage.

"Maintenant qu'allons-nous faire? Clark demanda. "Nous ne pouvons pas attendre ici dans le couloir, nous ne sommes pas censés être ici!"

"Là-bas," montrant une salle de classe vide, ils ont essayé le bouton, constatant qu'il était verrouillé en toute sécurité. "

"Bon mouvement," dit Clark.

Gardant une tête froide, Zach fouilla dans son sac à dos et a sorti quelques épingles à cheveux. En ouvrant un, il l'utilisa pour travailler la serrure.

"Content que je l'ai volé ceci de ma sœur. Tu disais ?

"Tais-toi et rentre." S'adossant contre la porte, ils attendaient à bout de souffle tout signe de mouvement dans la salle. Les premiers employés qui arrivèrent bavardèrent poliment, aucun d'eux ne semblant s'arrêter dans le salon de l'autre côté de la salle. S'ennuyant, la somnolence de Clark commença à l'emporter, et il hocha la tête pendant quelques minutes jusqu'à ce qu'il sentit Zach le pousser à se réveiller.

Hé, hé... Réveille-toi! Il n'y a pas de sommeil au travail! "

« Hum ? Qu'est-ce qu'il y a ? Demanda-t-il, regardant autour d'un air hébété. "Quoi ?"

"Fait quelque chose, quelqu'un pourrait venir Ici pour nettoyer à tout moment. Habituellement, ils ne nettoient pas beaucoup le placard, alors nous pourrions toujours courir là-bas s'il y a quelque chose. Ne dort pas maintenant, il ne nous reste que peu de temps avant que nous soyons dans la clairière!

"Attends! Shh!"

Appuyant son oreille à la porte, Clark était certain qu'il entendait quelqu'un de l'autre côté de la salle. Lentement, levant la tête pour jeter un coup d'œil par la fenêtre, il vit l'arrière de la tête de quelqu'un. Plus précisément, quelqu'un avec des cheveux brun foncé.

"Quelqu'un est là", articula-t-il en secouant la tête en direction de la salle. "Vois si tu peux les attraper au retour." Poussant son ami à lever la tête, il tira ses genoux contre sa poitrine et attendit.

« Pas possible. Absolument pas possible. " Poussant Clark à se relever, Zach saisit la poignée de la porte.

"Mortecouille?" Siffla Clark. "Tu ne crois pas que tu devrais vérifier d'abord s'il y a aucun danger?"

"Pas de temps", répondit-il rapidement. "Rentrer et sortir; nous devons voir si Mme Hartman est venue ici si tôt pour laisser quelque chose pour mr. Sutter."

Retournant pour surveiller, Clark laissa Zach aller voir les boîtes aux lettres. De plus en plus anxieux à la seconde, il rebondit sur la pointe de ses pieds pendant qu'il attendait.

"Suis-je bon ou suis-je bon?" Zach se mit à rire en brandissant un objet lourd, enveloppé dans un papier quelconque. "Ok, maintenant on peut sortir d'ici." Prenant toutes les précautions qu'ils connaissaient, les deux garçons prirent l'escalier arrière, évité par presque tout le monde à l'école. C'était le long chemin vers la sortie, ce qui le rendait beaucoup plus difficile; à l'heure actuelle, une grande partie du personnel arrivait déjà dans les locaux, mais, heureusement pour eux, beaucoup d'étudiants qui participaient à des activités parascolaires étaient également obligés d'arriver tôt. Ils ont pu se fondre un peu avec les vieux sportifs et les geeks de l'orchestre.

"Tu veux l'ouvrir maintenant ou attendre plus tard?" Clark demanda. "Je veux dire..."

"Maintenant," interrompit Zach. "Nous devons le faire maintenant, et voir si nous pouvons le remettre avant qu'il ne le manque."

"Il ne peut pas rater quelque chose qu'il n'a jamais su être là en premier lieu," raisonna Clark.

Trouvant un endroit isolé juste au-delà du terrain de football, ils ont ouvert le paquet accueillant. S'attendant à trouver quelque chose d'exotique, ou à tout le moins illégal et incriminant, ils étaient à la fois surpris et déçus et que c'était une petite boîte à l'allure simple, très semblable à celles utilisées pour les bijoux.

"Tu l'ouvres," Clark fourra la boîte à son copain. "Vous faites les honneurs."

"Punk," réprimanda Zach, l'ouvrant. Tout ce qui était à l'intérieur était une feuille de feuilles lignées avec une note écrite dessus: ils sont sur nous, et vous ont suivi, vous et votre ex-futur. *Elle devrait être heureuse ; ils lui ont acheté un peu plus de temps ... J'espère que le glucagon ne quittera pas totalement son système. Ça va prendre du temps avant que nous puissions reprendre notre plan ... J'espère qu'elle sait à quel point elle est chanceuse. "Ah, mec ..."*

"Qu'est-ce que c'est ? Une note d'amour ? " Gloussant, il arracha le papier de la main de Zach, le lisant quelques fois avant de le laisser glisser hors de sa portée.

"Oui. Je suppose que Sutter est en train de prendre le moyen facile. "